Ich,
Igor Strawanzky

Tagebuch eines Katers

aufgezeichnet in Text und Bild
von rosmarin

strawanzen
Gebrauch: bayrisch, österreichisch
Bedeutung:
umherstreifen, sich herumtreiben
Betonung:
strawa̲nzen

Gewidmet meinem Mann, der inzwischen die Vorzüge des Zusammenlebens mit einem Kater kennt, sowie allen Fellnasen, Bonsaipanthern, Samtpfoten, Stubentigern... die „ihrem Menschen" das Leben mit ihrer unbeugsamen Unabhängigkeit und tiefem Empfinden so sehr bereichern.

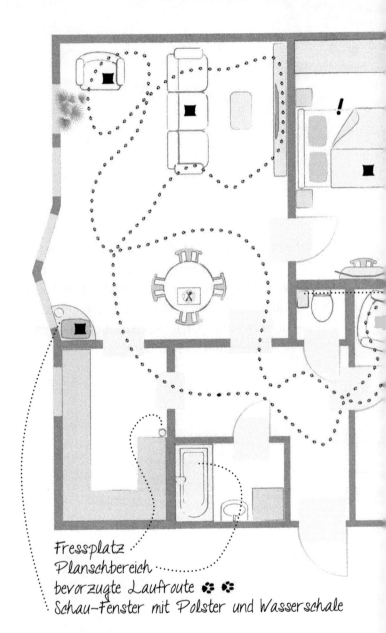

Fressplatz

Planschbereich

bevorzugte Laufroute ❀ ❀

Schau-Fenster mit Polster und Wasserschale

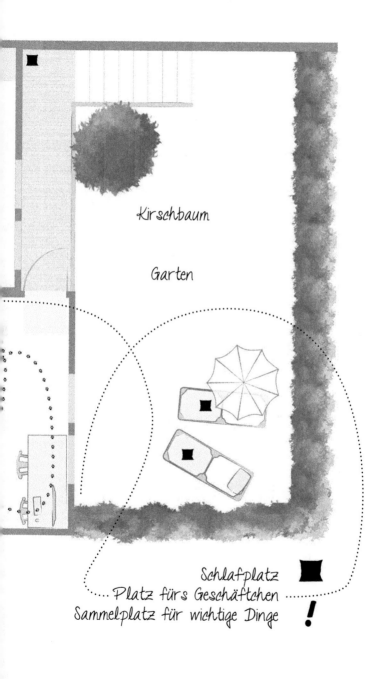

Kirschbaum

Garten

Schlafplatz
Platz fürs Geschäftchen
Sammelplatz für wichtige Dinge

1

Ein Wesen war da, hat mit mir und den Geschwistern gespielt. Das war lustig, ich habe besonders viel und wild mit dem Wesen gespielt. Meine Schwestern haben sich versteckt. Ich glaube, sie hatten Angst vor dem Wesen. Das Wesen hat eine sanfte Stimme und kann sehr gut streicheln. Aber dann hat es mich in einen Korb gesteckt und weggetragen. Wo sind Mama und die Geschwister? „Das ist dein neues Zuhause, Igor" hat Das Wesen gesagt. Was ist ein Igor?

1 – später

Ich bin immer noch da mit dem Wesen. Wann bringt es mich zurück zu Mama? Ich habe Hunger. Das Wesen hat mir eine Schüssel mit Futter hingestellt. „Komm, Igor, Futter gibt's", hat das Wesen gesagt. Das Futter stinkt. Ich mag es nicht essen. Das Wesen stinkt auch. Ich mag es nicht.

Dann hab ich das Futter doch gegessen, aber ich hab ein ganz kleines Stück übergelassen, damit das Wesen weiß, dass es mir nicht schmeckt.

1 – es ist dunkel

Es ist Nacht, ich bin allein, mir fehlen meine Mama zum Kuscheln und meine Geschwister zum Spielen. Ich mache die Augen auf, das Wesen liegt ganz nah bei mir, hat sich einfach mit seiner Kniekehle um meinen Körper gekuschelt - so eine Frechheit! Was sich das Wesen alles erlaubt.

Tag danach – dunkel

Wieder Nacht. Das Wesen wird immer dreister, hat sich doch einfach unter meinen kleinen Körper gepresst. So geschmeidig sieht das Wesen gar nicht aus, aber es hat es geschafft, sich mit seinem schweren Körper unter meinen zu schieben.

Warum schläft es auch in MEINEM Bett? Blödes Wesen! Aber es ist warm da, und so bleibe ich liegen.

wieder ein Tag später

Das Wesen hebt mich gerne hoch und schaut mich an. Das ist schön, aber ich schnurre extra nicht. Das Wesen braucht gar nicht glauben, dass ich es mag. Das Wesen streichelt über meinen Kopf, es krault mich hinter meinen Ohren. Das ist auch schön, aber ich schnurre extra nicht. Das Wesen braucht gar nicht wissen, dass ich es ein bisschen mag.

später

Das Wesen hat einen Wattebausch mit warmem Wasser genommen und mir über den Kopf gestrichen. Da hab ich die Augen zugemacht und mir vorgestellt, wie meine Mama mir über den Kopf leckt. Das war so wie immer. Ich habe die Augen fest zugemacht, damit mir Mama nicht ins Auge schleckt - ich hab dich lieb, Mama - und habe angefangen zu schnurren.

Als ich die Augen aufgemacht habe, war da nicht Mama, das Wesen war es mit seinem Wattebausch. Ich hab es gleich angefaucht, aber die Augen sind mir wieder zugefallen, weil das so schön war, wie Mama mich ableckt - ein Schnurren ist mir wieder entkommen.

Wieder habe ich die Augen aufgemacht, und da war immer nur das Wesen, das mich unaufhörlich mit dem Wattebausch gestreichelt hat. Leise, weiche Worte hat es mir zugeflüstert dabei. Ich habe genau hingesehen, es war nur das Wesen und nicht meine liebevolle

Mama. Meine Schnurrdose wollte aber trotzdem gar nicht aufhören Musik zu machen, und da habe ich es adoptiert, das Wesen.

Das Wesen ist jetzt mein Mensch!

ein Tag nach der Adoption

Als ich heute auf dem Polster neben dem Fenster geruht habe, war es plötzlich ganz laut. Von überall rundum ist ein schriller Ton in meine kleinen Katerohren geschossen. Ich bin so erschrocken - und dann war der Polster nass.

Mein Mensch hat mich hochgehoben und gesagt „Keine Angst, Igor, das war nur eine Sirene. Komm, wir waschen den angepinkelten Poster." Dann hat mir der Mensch einen anderen Polster hingelegt.

ein Tag nach dem Tag nach der Adoption

Ich schlafe viel. Hier gibt es so viel, was ich entdecken muss, dass ich immer ganz müde bin. Mein Mensch ist gar nicht so übel.

ein Tag nach dem Tage nach der Adoption gestern

Mein Mensch hatte Besuch. Haben wir es nicht zu zweit besser? Ich habe alles von einem strategisch guten Platz beobachtet - unter dem Sofa. Jeder weiß jetzt, dass ich der Boss da bin. Ich habe den Menschen und den Besuch nicht aus den Augen gelassen. Mein Mensch hat Kaffee gemacht. Mit viel Milch. Milch ist gut, Kaffee nicht. Ich verstehe nicht, warum der Mensch Kaffee in die Milch gibt. Immer, wenn der Mensch Kaffee in die Milch gibt, stellt er sie auf den Tisch. Ich mag Kaffee nicht. Ich hab trotzdem wieder gekostet, und damit er weiß, dass das nicht gut ist, hab ich auf den Tisch gekotzt, neben die Kaffeemilch - das wird er sich merken, der Mensch. Der Besuch ist auch wieder gegangen.

Nachtrag

Und die Leckerlis, die mir der Besuch gegeben hat, habe ich mit großem Widerwillen gegessen.

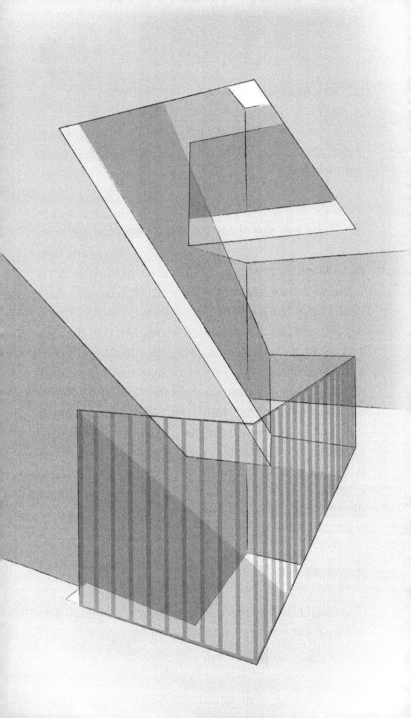

erster Tag allein

Heute hat mein Mensch gesagt, dass er wieder in die Arbeit muss. Er hat die Tür geöffnet, um hinaus ins Stiegenhaus zu gehen. Ich bin ihm durch die offene Tür hinausgefolgt. „Halt, Igor, du kleiner Strawanzer", hat mein Mensch da gesagt und mich wieder zurück in die Wohnung geschoben. Ich war viele Stunden allein. Zuerst habe ich geschlafen und darauf gewartet, dass der lästige Mensch gleich wieder kommt, weil der ja dauernd mit mir spielen will. Ich spiel auch mit ihm - widerwillig. Denn der Mensch hat anscheinend keine Geschwister, mit denen er Fangen spielen kann. Meine Geschwister kommen auch nicht.

Mein Mensch und ich haben nur uns.

ein Tag nach dem ersten Tag allein

Mein Mensch sagt jetzt jeden Tag, dass er in die Arbeit geht. Er macht die Tür auf. Wenn ich rausschaue, sehe ich nur Stufen. Nach oben führen viele und auch nach unten ein paar. Was ist Arbeit? Was macht der Mensch den ganzen Tag im Stiegenhaus?

Mir ist langweilig. Zuerst habe ich meinen Menschen gerufen. Der ist aber nicht gekommen. Dann habe ich mich umgesehen und die Blumentöpfe entdeckt. Ich habe angefangen die Pflanzenerde umzugraben. Das hat schon lange keiner gemacht. Die Erde war ganz fest. Das wird den Menschen sicherlich freuen, muss er es nicht machen.

etwas später am gleichen Tag

Mein Mensch hat sich nicht gefreut.

„Pfui, böser Igor!" hat der Mensch gesagt. Ich habe mich gleich unter dem Sofa in Sicherheit gebracht und bin erst rausgekommen, als er mir zur Entschuldigung ein Stück leckeren Schinken angeboten hat. Ich habe den Schinken auch nicht gleich genommen - etwas nachtragend bin ich schon.

Ob der Mensch sich wenigstens gefreut hat, dass ich in den Topf mit der Palme gepinkelt habe?

nachdem ich begonnen habe, die Palme zu versorgen

Da mein Mensch nun tatsächlich jeden Tag ins Stiegenhaus geht - Arbeit nennt er das - habe ich viel Zeit, mir alles ganz genau anzusehen. Das Arbeitszimmer, wo mein Mensch seinen Computer stehen hat und ich ihm helfe, die Tasten warm zu halten, ist ein feiner Ort.

Hier gibt es ein Fenster, das bis zum Boden reicht. Die Aussicht ist hier ganz anders als im Wohnzimmer. Im Wohnzimmer sieht man nur Häuser und Straßen und Autos. Manchmal fährt auch ein Bus vorbei. Und dann gibt es noch dieses schreckliche, gefräßige Monster, das mein Mensch Müllabfuhr nennt. Als ich es das erste Mal gesehen und gehört habe, hab ich mir vor Schreck in mein prächtiges Fell gemacht.

Vom Wohnzimmer aus sehe ich zwar auch einen Baum mit Vögeln, aber es ist laut hier. Das Schlafzimmer mag ich gerne. Es hat ein Fenster in den Hof, wie mein Mensch sagt. Hier ist einer meiner Schlafplätze. Mein Mensch schläft nur im Bett und auf dem Sofa bei mir. Die anderen Schlafplätze gehören mir allein.

Im Schlafzimmer steht ein schmaler Tisch mit einem großen Spiegel. Den kann man aufklappen, und dann kann man sich dreifach sehen. Die eine Lade bekomme ich schon ganz gut auf. Da sind Stifte drinnen, mit denen sich mein Mensch den Mund anmalt. Auch über den Augen malt mein Mensch sich manchmal bunt an. Versteh einer die Menschen!

Unter dem Bett habe ich schon eine kleine Sammlung an brauchbaren Dingen zusammengesammelt:

- 🐾 Eine Spielmaus - für den Fall, ich muss in der Nacht ein bisschen trainieren.

- Drei Kugelschreiber - mein Mensch hat ohnehin so viele, und ich kaue gerne daran, weil mir meine Zähne weh tun.
- Einen Malstift für die Lippen - den schenk ich dem Menschen einmal.
- Einen Socken habe ich auch gefunden - wir spielen gemeinsam wilde Abenteuer. Mein Mensch glaubt wahrscheinlich, dass die Waschmaschine ihn verschluckt hat.
- Ein ganz großes Leckerli habe ich für alle Fälle auch unter meinem Bett versteckt, falls mein Mensch einmal so spät nach Hause kommt, dass ich schon zu großen Hunger habe.

Nachtrag

Habe doch nur mehr ein halbes Leckerli.

ein weiterer Tag seit dem Tag seit ich gieße

Ich möchte schon gerne wissen, was mein Mensch in der Arbeit so macht. Die Arbeiten, die ich übernommen habe, kann ich hier in unserem Reich gut machen:

- Ich koste jeden Morgen, ob die Milch, die mein Mensch in den Kaffee gibt, noch gut schmeckt.

🐾 Ich halte das Bett warm - auch tagsüber.
🐾 Ich gieße die Palme.
Was der Mensch wohl alles im Stiegenhaus zu tun hat?

wieder ein Tag später

Als die Post an der Tür geläutet hat, bin ich schnell in die Arbeit gegangen. Draußen sind nur Stiegen und viele Türen. Was der Mensch den ganzen Tag dort macht? Ich bin auf den Stufen rumgesprungen. Andere Menschen sind aus Türen gekommen, große und kleine. Die waren laut. Da hatte ich Angst und bin ganz hinauf gelaufen. Oben hat kein Mensch gearbeitet. Auch der Mensch, der bei mir wohnt, war nicht da. Ich habe mich versteckt und bin irgendwann eingeschlafen. Als ich aufgewacht bin, war mein Mensch noch immer nicht da. Ich habe meinen Menschen gerufen, aber der ist nicht gekommen. Dann habe ich gehört, wie mein Mensch mich ruft - ganz leise von irgendwo weiter unten, und da habe ich meinen Menschen auch gerufen - ganz laut. Mein Mensch ist zu mir raufgelaufen. Ganz außer Atem war er. Wahrscheinlich hat es weiter unten geregnet, denn er war ganz nass um die Augen.

Der Mensch hat mich ganz fest und liebevoll an sich gedrückt und gesagt: „Igor, du kleiner Strawanzer, da bist du ja!" Meine Schnurrdose hat angefangen, ganz laut Musik zu machen. Da hat der Mensch glücklich gelacht. Wie froh mein Mensch doch sein kann, dass ich ihn habe.

Ich habe keine Lust mehr in die Arbeit zu gehen. Ob mein Mensch auch Angst hat, wenn er ganz allein im Stiegenhaus sitzt?

ein Tag nachdem ich arbeiten war

Heute ist mein Mensch ganz lange im Bett gelegen, ist erst um 7:03 Uhr aufgestanden und hat mir Futter gegeben. Nach dem Essen habe ich geschlafen - denn das habe ich mir heute wirklich verdient, schließlich war ich schon viel länger wach als der Mensch und hatte viel zu tun. Es ist mühsam, 20 Minuten lang auf dem Kopfpolster auf und ab zu gehen und dabei zu miauen. Aber einer muss ja dafür sorgen, dass der Mensch rechtzeitig aufwacht.

Heute geht der Mensch gar nicht ins Stiegenhaus. Den ganzen Tag ist er da und geht mir auf die Nerven. Nach dem Schlafen musste ich mit ihm spielen. Er mag es, wenn ich seine Schuhbänder während er geht fange. Manchmal wirft er sich dabei vor Freude auf den Boden. Er richtet auch die Bilderrahmen gerne auf, die ich für ihn umwerfe. Aber ich kann ja nicht so oft am Tag alle Bilder umwerfen. Da muss der Mensch schon Verständnis haben.

ein Tag
nachdem der Mensch den ganzen Tag da war

Der Mensch geht heute schon wieder nicht ins Stiegenhaus. Vielleicht ist seine Arbeit schon erledigt. Warum hat der Mensch so viel Futter auf meinen Teller getan? Ich habe alles aufgegessen, jetzt ist mir schlecht. Das habe ich dem Menschen auch gleich gesagt. Eigentlich nicht gleich, ich glaube er schläft gerne, wenn er nicht ins Stiegenhaus muss. Deshalb habe ich bis 7:09 Uhr damit gewartet.

später am gleichen Tag

Schon wieder ist Besuch da. Muss der Mensch denn wirklich immer Besuch haben? Die Leckerlis, die mir der Besuch gegeben hat, habe ich erst gegessen, als er nicht hergeschaut hat.

Ich habe auf die Schuhe des Besuchs gepinkelt. Der wird nicht so schnell wieder kommen!

wieder später

Es wird dunkel, und es hat jetzt angefangen zu regnen. Große Tropfen haben gegen unsere Fenster geklopft. Es hat auch geblitzt, und dann hat es gedonnert - das war laut, ich bin richtig erschrocken.   „Na hoffentlich pinkelst du dich zu Silvester nicht auch an", hat mein Mensch gesagt.

ein Tag nach dem Gewitter

Der Mensch geht heute schon wieder ins Stiegenhaus. Umgegraben habe ich die Pflanzen aber nicht. Ich habe wirklich keinen Appetit auf Schinken. Doch die Palme vom Menschen habe ich wieder gegossen.

noch ein Tag nach dem Gewittertag

Als der Mensch heute aus dem Stiegenhaus zurückgekommen ist, hat er mir einen Rasselball gebracht.
Ich glaube, er hat ein riesig schlechtes Gewissen, weil
er immer weg geht. Ich habe den Ball ignoriert. Der
Mensch braucht gar nicht glauben, dass ich das als
Entschuldigung annehme, wenn er mich immer allein
lässt. Aber dann habe ich, als es dunkel war, angefangen damit zu spielen. Ich glaube, der Ball war müde.
Der Mensch hat ihn mitten in der Nacht in eine Lade
gelegt, obwohl wir doch so schön miteinander gespielt
haben. Vielleicht war der Mensch auch eifersüchtig,
dass wir ihn nicht mitspielen haben lassen.

zwei Tage seit ich den Rasselball habe

Wenn mein Mensch Besuch hat, gibt es immer Kuchen
oder Torte, besonders wenn die dicke Freundin kommt.
Ich mag Cremetorte. „Das ist nicht gut für dich, Igor",
sagt mein Mensch, wenn ich an der Creme lecke. Mein
Mensch mag nicht, dass ich so fett werde wie die dicke
Freundin.

Am Abend hat sich mein Mensch ein weiches Ei gekocht und Butter auf den Toast gestrichen. Als er am
Klo war, habe ich die Butter runtergeschleckt. Zu viel

Butter ist sicher ungesund für den Menschen. Und er soll ja auch nicht so fett werden wie die dicke Freundin.

ein neuer Tag

Der Mensch hat mir auf den kleinen Tisch neben dem Fenster eine Schale mit Wasser gestellt. Damit ich mehr trinke, sagt er. Vielleicht meint er in Wirklichkeit aber, ich sollte die Palme öfter gießen? Vom Tisch aus beobachte ich alles, was draußen passiert.

Ein alter Mensch gegenüber am Fenster starrt mich an, er ist immer da, wenn ich da bin. Ich starre zurück und gewinne ganz klar natürlich immer das Anstarrenspiel. Zwischen uns flattern oft viele Vögel herum.

Manchmal regnet es, dann verstecken sich die Vögel. Aber der alte Mensch spielt trotzdem Anstarren - und verliert.

In unserem großen Zimmer, gegenüber von meinem Beobachtungsfenster, steht ein großes, dunkles Bild an der Wand, das bunt wird, wenn mein Mensch das will. Der Mensch schaut gerne fern, aber er ändert immer wieder das Bild, weil ihm wahrscheinlich gar nichts wirklich gefällt. Ich schaue lieber aus meinem Fenster, denn da läuft im gleichen Programm jederzeit immer etwas Interessantes.

Wenn die Programme meines Menschen zu langweilig sind, unterhalte ich ihn: Ich renne wie verrückt durch die Wohnung, springe auf den Tisch, werfe dabei ein Wasserglas um, räume den Couchtisch ab und springe schließlich über die Rückenlehne des Sofas von hinten auf den Schoß meines Menschen, der dann so tut, als würde er erschrecken.

Nachtrag zur Wasserschale

Da müssen wir uns noch einspielen. Wenn mein Mensch die Schale neu füllt, schüttet er unterwegs manchmal ein wenig aus, weil ich vor Freude mit meinem Kopf von unten gegen die Schale klopfe. Ich möchte dem Menschen ja zeigen, dass das eine gute Idee war, mit der er mir viel Freude bereitet hat. Nur, warum der Mensch das verschüttete Wasser immer gleich mit einem Tuch wegwischt verstehe ich nicht. Der Boden hat vielleicht auch Durst.

der Tag nach der neuen Wasserschale

Ich habe eine völlig neue Aufgabe übernommen. Ich sorge nämlich dafür, dass die Armlehne des Ledersofas gemütlicher wird. Am Anfang war sie ganz glatt. Ein Stück ist schon Rauleder geworden. Vielleicht schaffe ich es, wenn ich ein großer Kater geworden bin, dass das ganze Sofa gemütlich weich ist.

Wenn Besuch kommt, legt mein Mensch einen Polster auf die raue Armlehne, zeigt dem Besuch nicht gerne, was ich alles kann. Vielleicht würde mich der Besuch sonst stehlen, damit ich seine Armlehne genauso rau mache. Schließlich gehören mein Mensch und ich für immer zusammen, er möchte ja nie mehr von mir getrennt sein!

zwei Tage seit ich die Schale habe

Ich liege gerne im Wohnzimmer am Fensterbrett in der Sonne. Es ist schön, wenn die Sonne auf mein Fell scheint und ich gemütlich und ungestört vor mich hindösen kann. Mein Mensch hat das Fenster immer zu gemacht, wenn er fort ging. Heute nach der Arbeit hat mein Mensch ein Netz montiert. Jetzt darf das Fenster offen bleiben, auch wenn er weg geht. Ich hätte schon dafür gesorgt, dass keine Vögel bei uns hereinfliegen, aber ein Netz ist wahrscheinlich doch sicherer.

ein Tag seit wir das Netz haben

Ich wundere mich, mein Mensch ist heute nicht in die Arbeit gegangen, Wochenende nennt er das. Immer wieder ist er im Arbeitszimmer verschwunden und hat die Tür hinter sich zugemacht. Ich habe sofort ange-fangen zu weinen - ich fange immer ganz jämmerlich an zu miauen, wenn er mich aus dem Arbeitszimmer aussperrt und alleine lässt. Aber dann hat mir mein Mensch ein Geheimnis gezeigt: Das lange Fenster im Arbeitszimmer, das bis zum Boden hinunter reicht, kann man aufmachen. Das ist eine richtige Tür, und sie führt auf einen Platz im Freien - Terrasse nennt der Mensch das. Von der Terrasse führen ein paar Stufen hinunter in einen Garten. Es ist richtig lieb von meinem

Menschen, dass er für mich einen Garten gebaut hat. Er hat mich ganz zärtlich auf den Arm genommen und mich vorsichtig über die paar Stufen hinunter in die Wiese getragen. Das Gras kitzelt auf meinen Füßen. Ich habe es natürlich gleich gekostet. Dann musste ich aber leider kotzen. Ein richtiges Fellbällchen habe ich gekotzt. Mein Mensch hat es mit einem Taschentuch an sich genommen. Kleine Geschenke erhalten die Freundschaft.

der Tag nach dem ersten Gartenbesuch

Heute hat mein Mensch im Garten gefrühstückt. Mir hat er eine Schale mit Wasser hingestellt, damit ich nicht immer reinlaufen muss, wenn ich Durst habe. Meint er, ich sollte alle Pflanzen im Garten gießen? Hier gibt es so viele Pflanzen, die kann ich sicherlich nicht alle anpinkeln. Mein Mensch ist schlau und gießt den Garten mit einem langen, grünen Schlauch. Man könnte meinen, es regnet, wenn er gießt. Ich gieße nur unsere Palme drinnen im Zimmer. Die sieht allerdings schon ein bisschen schlecht aus.

noch ein Tag seit dem Tag, da ich den Garten kenne

Die Palme ist ganz gelb und dürr geworden. Vielleicht habe ich sie nicht oft genug gegossen. Ich hätte doch mehr Wasser trinken sollen. Das sagt mein Mensch auch immer zu mir.

Mein Mensch hat die Palme in einen großen schwarzen Sack gepackt und weggetragen.

erster Tag ohne Palme

Wenn die Fenster offen sind, macht mein Mensch die Tür zwischen Wohnzimmer und Schlafzimmer zu. Macht mein Mensch das nicht, erledigt das der Wind - mit einem lauten Knall. Das mag ich gar nicht, ich fürchte mich, wenn es knallt.

Mein Mensch mag das auch nicht, aber wir mögen ein neues Spiel: Er sitzt am Sofa, und ich miaue und kratze an der Schlafzimmertür. Deshalb steht er auf und macht die Schlafzimmertür auf. Aber ich will gar nicht ins Schlafzimmer, laufe lieber zurück zum Sofa und warte, bis mein Mensch die Tür wieder schließt und sich zurück aufs Sofa setzt. Wenn er es sich gemütlich gemacht hat, kratze ich erneut miauend an der Tür. Der Mensch steht nochmals auf, um die Tür zu öffnen.

Aber ich will auch diesmal gar nicht ins Schlafzimmer, streiche nur um seine Beine und trolle zurück zum Sofa. Der Mensch folgt mir zurück zum Sofa. Das spielen wir, bis mir langweilig ist. Der Mensch kann anscheinend nicht genug von unserem neuen Spiel bekommen.

wieder ein neuer Tag

Mein Mensch hat einen Türstopper für die Schlafzimmertür gebracht.

ein Tag seit der Türstopper bei uns wohnt

Mein Mensch ist in die Arbeit gegangen, wie so oft. Ich weiß immer, wann mein Mensch nach Hause kommt. Aber diesmal wollte ich am Fenster im Wohnzimmer noch einen Vogel beobachten und bin deshalb nicht zur Tür gelaufen, um auf meinen Menschen zu warten. Da habe ich ihn plötzlich auf der Straße gesehen. Ich glaube, mein Mensch sitzt nicht den ganzen Tag im Stiegenhaus.

ein Tag nach meiner Beobachtung

Heute habe ich wieder geschaut,ob mein Mensch auf der Straße ist. Er hat mich auch gesehen. Das haben wir uns gegenseitig gleich erzählt, als er bei der Tür hereingekommen ist.

ein weiterer Tag nach meiner Beobachtung

Mein Mensch und ich spielen gerne Fangen und Verstecken. Ich laufe ihm nach, wenn er seine Runden läuft. Vom Vorzimmer in die Küche, von der Küche ins Wohnzimmer und durch die andere Tür wieder zurück ins Vorzimmer. Ich schummle manchmal und dreh mitten im Spiel um, damit ich ihn von der anderen Seite fangen kann. Dann ist er dran und muss mich fangen. Also, schnell ist der Mensch nicht!

Beim Verstecken gewinne ich auch immer. Der Mensch passt nicht unters Sofa - vielleicht sollte er nicht so viel Kuchen essen, oder wir kaufen ein größeres Sofa. Er passt auch in keine Schachtel. Also ich passe in jede Schachtel.

wieder ein neuer Morgen

Bevor mein Mensch in die Arbeit geht, krault er mich hinter den Ohren und streichelt mir über den Rücken. Wir drücken uns dann aneinander und freuen uns, dass wir uns am Abend wieder sehen. Damit mein Mensch mich nicht vermisst, habe ich ihm schnell noch ein paar Haare an die Hose geheftet.

später

Abends hat mein Mensch eine Kleberolle mitgebracht. Damit rollt er über Jacke, Hose, Bluse und Shirts. Sogar das Sofa hat er damit abgerollt. Ich glaube, er legt eine Sammlung mit meinen Katzenhaaren an. Mein Mensch liebt jedes Haar an mir.

ein Tag
nachdem wir die Haarsammlung angelegt haben

Ich hab im Garten eine Maus beobachtet. Da hab ich mich daran erinnert, was Mama uns beigebracht hat. Geduldig sein, gut beobachten, sich ducken, anschleichen und springen. Also war ich geduldig, hab gut beobachtet, mich ins Gras geduckt, hab mich angeschlichen und bin gesprungen. Die Maus hat mich kurz angeschaut und ist weggelaufen. Ich muss wohl was vergessen haben.

ein Tag nachdem ich die Maus verschont habe

Heute hab ich die Maus wieder gesehen. Wieder hab ich alles so gemacht, wie Mama es mir gezeigt hat. Aber diesmal hab ich die Maus am Nacken gepackt - so wie Mama uns immer rumgetragen hat. Ich war sehr stolz. Die Maus war richtig schwer. Es ist nicht leicht, wenn man eine Maus im Mund hat und dann noch laufen soll. Aber ich musste so schnell wie möglich zu meinem Menschen. Der ist im Liegestuhl gelegen und hat geschlafen. „Schau, ich hab eine Maus gefangen!" hab ich für meinen Menschen gedacht. Der hat einfach weitergeschlafen. Ich bin schon draufgekommen, dass der Mensch nicht immer hören kann, was ich denke. Das ist schon komisch, ich höre ja auch, was er denkt. Deshalb hab ich halt miaut. Zwar ist der Mensch gleich aufgewacht, aber diese dumme Maus ist inzwischen wieder davongelaufen, kaum dass ich den Mund aufgemacht hatte.

Den ganzen Tag war ich draußen. Nur zum Pinkeln bin ich hinein auf mein Katzenklo gelaufen, schließlich muss mein Garten sauber bleiben. „Igor, du darfst hier ruhig ins Gras pinkeln", hat mein Mensch gesagt. Das ist komisch, die Vögel, Bienen und Mäuse könnten mich dabei sehen.

ein weiterer Tag nach der Verschonung

Heute habe ich auf dem Kirschbaum einen Vogel beobachtet, der sich ganz aufgeregt dick gemacht, getrillert und gepfiffen hat. Der wollte wohl unbedingt alle

Aufmerksamkeit auf sich lenken, ein richtiger Kavalier. Ich kann leider nicht trillern und pfeifen. Ein zierlicher, kleinerer Vogel ist, von seinem Gesang angelockt, zu ihm geflogen. Schnell bin ich auf den Baum geklettert und habe das singende Exemplar mit einem Schnapp gefangen. Ein prächtiges Stück!

Dann habe ich den toten Vogel meinem Menschen gebracht. Nicht ein Stück habe ich abgebissen, habe den ganzen Vogel ungeteilt auf das Bett gelegt. War das ein Freudenschrei!

später

Ich bin überzeugt, mein Mensch hat den Vogel ganz allein gegessen - hat jedenfalls nicht mit mir geteilt. Ich habe die ganze Wohnung abgesucht. Nirgends kann ich den Vogel mehr sehen oder riechen, und das Bett ist auch frisch überzogen.

ein Tag nach der Vogelgabe

Immer bevor ich raus in den Garten gehe, bindet mir mein Mensch jetzt ein Halsband mit einer Glocke um. Die rasselt und klingelt, wenn ich laufe und springe.

Die hat mir der Mensch sicher deshalb geschenkt, weil ich nicht so pfeifen und trillern kann wie die Vögel draußen. Vielleicht kann ich so mehr als einen Vogel fangen - dann werden wir beide satt.

Und in den Garten habe ich das erste Mal gepinkelt. Keiner hat's gesehen.

Mein Mensch hat am Nachmittag ein bisschen umgegraben - sehr ungeschickt mit einer Schaufel, statt mit den Pfoten - und hat Kräuter eingepflanzt. Darüber hat er sich sichtlich gefreut. Mein Mensch gräbt gerne Kräuter ein. Ich habe sie wieder ausgegraben, damit er sie nochmals eingraben kann.

*ein Tag nach dem Tag,
an dem mein Mensch den Vogel gegessen hat*

Immer wenn mein Mensch Besuch hat, stellt er eine Zuckerdose und ein Kanne mit Milch auf den Tisch. Ich schaffe es schon ganz geschickt mit einer Pfote, einen kleinen Zuckerberg auf den Tisch zu schaufeln, aber die Tasse treffe ich noch nicht. Wenn die Kanne voll ist, lecke ich immer ein bisschen Milch raus. Mein Kopf ist zu breit, ich kann ihn nicht in die Kanne stecken. Wenn der Besuch weg ist, gießt mir mein Mensch immer den Rest der Milch in meine Schüssel.

später

Heute bin ich draufgekommen, dass meine Pfote genau in die Milchkanne passt. Wenn der Besuch da ist, muss ich das gleich vorführen. Da wird der Mensch sich freuen, was ich wieder gelernt habe.

Nachtrag

Komischerweise hat sich mein Mensch nicht gefreut. Versteh einer die Menschen!

Mein Mensch ist seit heute morgens ein bisschen sehr hektisch. Er hat alle Polster im Garten gelüftet, den Tisch jetzt schon zum dritten Mal abgewischt, mein Katzenklo einer super Komplettreinigung unterzogen, obwohl er es erst gestern sauber gemacht hatte. Überall hat mein Mensch bunte Duftkerzen aufgestellt. Die riechen nach wilden Beeren, und dann hat er etwas ganz Unverzeihliches getan: Er hat das Staubsaugermonster frei gelassen. Dieses wahrhaft schreckliche, unerzogene, ohrenbetäubende Ding rattert, am Rüssel gepackt, mit Getöse überall dort hin, wo mein Mensch es hinführt. Dabei steckt seine Leine in der Buchse an der Wand. Wozu mein Mensch dieses gefräßige Ding regelmäßig aus seinem Versteck holt, ist mir wirklich ein Rätsel.

Ein bisschen beleidigt bin ich auch, dass das Staubsaugermonster meine Fellhaare vom Sofa essen darf. Ob mein Mensch bedenkt, dass das gefräßige Monster einmal auf den Geschmack nach dem ganzen Kater kommen könnte?

Ich verstecke mich immer sofort, wenn das Monster frei ist. Es hat mich also noch nie gesehen.

später

Ein Besucher war da. Den habe ich zum ersten Mal gesehen. Mein Mensch hat keinen Kaffee gemacht, sondern Rotwein gebracht, und es gab keinen Kuchen, wie sonst immer. Der Besucher hat eine komische Torte mitgebracht. Da waren Kerzen drauf, die er noch dazu angezündet hat. Wahrscheinlich hatte der Besucher keine Zeit, die Torte fertig zu backen, deshalb wollte er sie hier bei uns aufwärmen. Meinem Menschen war das aber anscheinend nicht sehr recht, denn er hat die Kerzen alle wieder ausgepustet. Und dann hat der Besucher meinen Menschen lange umarmt, ihm zwei kleine Päckchen gegeben und ihm zum Geburtstag gratuliert. Kurz darauf sind mein Mensch und der Besucher gegangen - schick essen, wie sie gesagt haben.

Nachtrag

Ich habe in der Zwischenzeit die Schleifchen von den Päckchen genommen, das Papier in winzigen Fetzen heruntergeschält und die Schachteln teilweise aufgebissen und aufgekratzt. Wie froh mein Mensch doch sein kann, dass ich ihm derart geholfen habe. Ob er sonst gewusst hätte, dass da Sachen in den Päckchen sind?

ein Tag nach dem Geburtstag

Nachdem sich mein Mensch nicht ableckt, duscht er. Er hat kein Fell, deshalb zieht er sich Gewand an, um nicht zu frieren. Dieses Gewand leckt er nicht sauber, sondern wäscht es in der Waschmaschine. Danach hängt er es auf. Wenn es trocken ist, legt er es in einen Korb und bügelt es dann noch. Bevor er bügelt, jammert er immer, weil er Bügeln nicht mag. Wahrscheinlich muss er seine Sachen flach drücken, damit sie kleiner werden und in den Kasten passen. Mein Mensch hat den Kasten voll mit Gewand.

„Heute ist es schön sonnig und windig, da können wir die Wäsche in den Garten hängen", hat mein Mensch gesagt. Wir? Ich hoffe, er macht das selber, schließlich bin ich nur ein kleiner Kater.

Ein paar Stunden später war die Wäsche trocken. „Schau, Igor, der Wind hat fast die ganze Wäsche gebügelt, da müssen wir das nicht machen." Wir? Ich hoffe, er macht auch das selber, schließlich bin ich noch immer nur ein kleiner Kater. Warum hängt der Mensch seine Wäsche nicht in den Regen? Dann müsste er sie auch nicht waschen. Weil der Mensch Bügeln ja nicht mag, habe ich mich in den Wäschekorb gelegt und alle Teile flachgedrückt. Das wird den Menschen sicher sehr freuen.

Nachtrag

Vielleicht sollte man die dicke Freundin auch einmal bügeln.

ein Tag nachdem ich gebügelt habe

In der Früh turnt der Mensch. Das sieht lustig aus. Ein bisschen unbeweglich ist er schon. Ich zeig ihm ohnehin, wie das geht. Katzenbuckel machen, Vorderbeine strecken, Popo in die Luft und dann jedes Bein einzeln geradeaus durchstrecken. Katzenbuckeln geht ja schon so halbwegs, aber Vorderbeine strecken und Popo in die Höhe klappt nicht sehr gut. Vielleicht sollte der

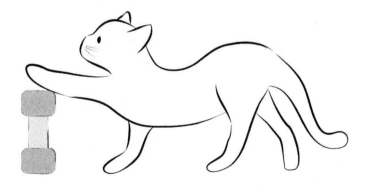

Mensch diese schweren Hanteln beim Turnen wegstellen, das bringt ja wirklich nichts. Die kann man nicht einmal umwerfen. Ich hebe keine Hanteln und bin viel, viel fitter als er.

Ich passe schon ganz schön schwer in meine Schachtel. Wir sollten die Schachtel mit Kuchen füttern, damit sie auch so fett wie die dicke Freundin wird.

ein weiterer Tag nachdem ich gebügelt habe

Heute habe ich im Garten Bienen beobachtet. Die sind von einer Blume zur nächsten geflogen. „Wollt ihr mit mir spielen?" hab ich sie gefragt, aber sie haben mich ignoriert. Dabei haben wir etwas gemeinsam: Wenn ich froh bin, geht die Schnurrdose an - und Bienen schnurren beim Fliegen. Ich habe mich ins Gras geduckt, sie beobachtet, mich angeschlichen und bin gesprungen - ich hab sie nicht einmal am Genick gepackt, nur mit der Pfote hab ich eine von der Blume gestoßen und mich draufgestellt. Diese gemeine Biene hat mich gestochen. Meine Pfote war plötzlich doppelt so dick, und ich konnte gar nicht auftreten. „Mein armer Igor", hat mein Mensch gesagt und mich hochgehoben. „Tiere, die einen gestreiften Pyjama tragen, darf man nicht fangen, die stechen dich." Ob Mama das auch gesagt hat? Ich kann mich nicht erinnern.

der Tag nach dem Bienenstich

Heute war ein ganz blöder Tag. Ich bin auf den Kirschbaum im Garten geklettert und habe versucht Vögel zu jagen. Das mit dem Anlocken mit meinem Glöckchen am Halsband funktioniert nicht. Die Vögel sind alle weggeflogen.

Ich wusste nicht, wie ich wieder vom Baum runterklettern sollte. Deshalb habe ich gewartet, dass mein Mensch kommt und mich holt, aber der war drinnen im Zimmer und hat gebügelt. Obwohl er Bügeln gar nicht mag. Warum tut er das überhaupt? Versteh einer die Menschen!

Ich hab gewartet und gewartet, dann hab ich meinen Menschen gerufen. Erst beim fünften Mal ist er gekommen. Also sehr folgsam ist er noch nicht, mein Mensch. „Komm, Igor, spring runter", hat er gesagt, als ob ich das nicht selber wüsste. Aber wie? Das war wohl zu hoch für einen prächtigen, kleinen Kater. Einen Ast bin ich ihm entgegen geklettert, dann ist der Mensch auf einen Sessel gestiegen und hat mich runtergehoben. Gerettet nennt er das und hat sich gefreut.

Zum Dank habe ich das neue Smartphone von meinem Menschen gerettet. Es lag hoch oben auf dem Tisch, jetzt liegt es gesichert am Boden.

der Tag nach der Rettung

Der heutige Tag war tatsächlich noch viel blöder. Es war windig und hat geregnet, daher konnten wir nicht in den Garten gehen. Besuch war da. Der hatte einen Hund mit. „Schau, Igor, ein Hundebaby", hat mein Mensch gesagt. Gleich zur Begrüßung habe ich dem Hundebaby eine Ohrfeige gegeben. Der Besuch hat das Hundebaby daraufhin auf den Arm genommen. Später hat ihn der Besuch leider wieder zu mir auf den Boden gesetzt, wo der blöde Hund mich den ganzen Tag provozierte. Hat mich angeschaut und mit dem Schwanz gewackelt. Da habe ich ihm noch eine Ohrfeige gegeben. Am Schluss hat er schon gewusst, dass er bei jedem mit-dem-Schwanz-Wackler eine Ohrfeige bekommt. Und dann hat er wirklich übertrieben: Hat mir seinen Knochen haargenau vor die Füße gelegt, die Vorderpfoten durchgestreckt, den Kopf gesenkt und den Popo in die Höhe gestreckt. Mit dem Schwanz wackeln hat er sich gar nicht mehr getraut. Will der mit dem Knochen turnen?

Aber das schlimmste war das Bellen. Ich habe kein Wort verstanden von dem, was er gesagt hat. Schließlich hat er sich ohnehin nicht mehr getraut zu bellen. Hat toll gewirkt, dass ich ihm bei jedem Beller eine Ohrfeige gegeben habe!

ein Tag nach dem Hundebesuch

Es regnet jetzt oft. Manchmal ist es schon richtig kühl.

Mein Mensch hat eine kleine Tasche gepackt und mir erklärt, dass wir über das Wochenende die Mama vom Menschen besuchen fahren. Aus Versehen habe ich meinen Menschen gekratzt, als er mich in den Korb gesteckt und ins Auto getragen hat. Er war mir aber nicht böse, der Mensch - also nachtragend ist der nicht.

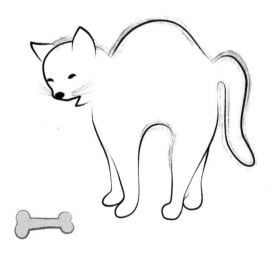

Im Auto habe ich gesungen, damit die Zeit schneller vergeht und mein Mensch weiß, dass ich noch da bin. Zuerst sind wir an hohen Häusern durch Straßen gefahren. Die Häuser sind immer kleiner geworden, je länger wir gefahren sind, und sie standen auch nicht mehr so dicht nebeneinander. Bei einem kleinen Haus, mitten in einem Garten vor einem Wald, haben wir gehalten.

Ein alter Mensch ist aus dem Haus gekommen. Hier wohnt also auch ein alter Mensch. Ob der auch Anstarren spielen kann? Der alte Mensch ist die Mama von meinem Menschen. Die haben zur Begrüßung ihre Köpfe aneinander gerieben und schmatzende Geräusche dabei gemacht. Meine Mama und ich haben auch immer unsere Köpfe aneinander gerieben, aber geschmatzt haben wir dabei nicht.

„Das ist also dein geliebter Igor", hat die Mama von meinem Menschen gesagt und mir sanft über den Kopf gestreichelt. Und im Haus hat sie mir ein Stück Schinken gegeben. Ein bisschen furcherregend ist es hier schon. Ein Ofen knackt in der Stube. Es riecht auch ganz anders als bei uns. Erst habe ich es mir unter dem Sofa gemütlich gemacht und die Stube genau beäugt, dann habe ich die Stube mit dem Bauch flach auf den Boden geduckt abgegangen.

etwas später

Die Mama von meinem Menschen hat mir eine Kiste mit Sand hingestellt, damit ich pinkeln und kacken kann. Sehr aufmerksam!

Mein Mensch und die Mama vom Menschen haben viel geredet und gelacht, und währenddessen hat mir die Mama vom Menschen immer wieder ein Stückchen Schinken gegeben. So, wie ich es mag - zusammengerollt per Hand. Danach hat sie vergessen, den Schinken zurück in den Kühlschrank zu legen.

Nachtrag

Ich habe den Schinken für sie weggeräumt - so viel Schinken habe ich noch nie auf einmal gegessen.

ein Tag nachdem wir da sind

Mein Mensch und ich haben in einem Bett geschlafen heute Nacht. Spät sind wir ins Bett gekrochen. Das war kalt. Wir haben uns gegenseitig aber schnell aufgewärmt.

In der Früh haben viele Vögel draußen Krach gemacht. Es hat schon nach Kaffee gerochen, als ich aufgewacht bin. Der Kaffee hat gerochen wie bei uns daheim. Auch ein Schüsselchen mit Milch und eines mit Futter waren schon für mich gefüllt. Nach dem Essen habe ich mich neben dem Ofen ausgeruht. Als ich aufgewacht bin, waren die Menschen - meiner und der alte - nicht da. Ich habe gleich nach meinem Menschen gerufen, der sofort die Tür aufgemacht hat und mich zu sich hinaus in den Garten gelassen hat. Dort ist die Mama von meinem Menschen in der Sonne gesessen.

„Igor, du darfst dir alles ansehen, aber nicht über den Zaun klettern", hat mein Mensch gesagt.

Jedes Mal, bevor ich auf einen Baum geklettert bin, hab ich den Menschen gerufen. Damit er sieht, wo ich bin - er rettet mich doch so gerne.

später

Ich habe einen Schmetterling entdeckt und bin ihm gefolgt. Der ist vor mir her geflogen und hat sich auf eine Aster gesetzt. Ich habe mich vor die Astern gesetzt und ihn beobachtet, habe mich geduckt, angeschlichen und bin gesprungen. Der Schmetterling ist aufgeflogen und hat sich erst wieder auf einer Hortensie niedergelassen. Von dort ist er zu einer Sonnenblume geflogen. Oh,

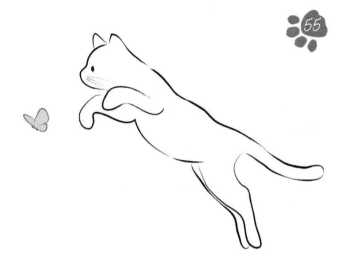

mein Gott, waren da viele Sonnenblumen. Ein ganzes Feld mit Sonnenblumen. Dahinter war ein Wald. Ich habe mir den Wald angesehen. Ich habe auch versucht ein paar Mäuse zu fangen, die mir aber entwischt sind. Und dann hat eine böse Eule mich jagen wollen. Ich bin gerannt, so schnell ich konnte.

Wo ist der Garten, das Haus und mein Mensch? Wo bin ich? Die Sonne scheint nicht mehr so heiß, die Schatten werden schon länger. Da habe ich den Menschen gehört, wie er mich ruft. Ich habe ihn auch gerufen, und wir sind uns entgegen gelaufen.

„Da bist du ja, mein Igor, mein kleiner Strawanzer", hat der Mensch gerufen und mich an sich gedrückt. Ich bin sicher, dass es nicht geregnet hatte, aber der Mensch war wieder einmal ganz nass um die Augen.

es ist schon dunkel

Spät sind wir mit dem Auto wieder bei uns daheim an-
gekommen. Das war wahrhaft genug Aufregung für
einen kleinen, prächtigen Kater wie mich.

ein Tag nachdem wir wieder daheim sind

Die Blätter am Kirschbaum haben angefangen gelb zu
werden - wie die Palme damals, dabei habe ich noch
nie auf den Kirschbaum gepinkelt. Wenn mein Mensch

die Tür zur Terrasse aufmacht, wehen manchmal bunte Blätter ins Zimmer. Mein Mensch holt dann sofort einen Besen und kehrt die Blätter zusammen. Was haben wir da wieder für ein schönes Spiel: Ich ducke mich, schleiche mich an, springe und packe den Besen. Manchmal fliegen daraufhin alle Blätter durcheinander, und wir beginnen unser Spiel von neuem.

später am selben Tag

Am Abend schaut mein Mensch furchtbar gerne fern. Besonders, wenn es draußen nebelig ist, kuscheln wir uns unter eine Decke auf dem Sofa. Tierfilme gefallen uns besonders gut. „Schau, Igor, das sind deine Brüder", hat mein Mensch gesagt. Panther sind meine Brüder? Oh mein Gott, bin ich ein cooler Kater, und Tiger und Löwen sind meine Onkel, sagt mein Mensch. Immer, wenn ich mich vor den Fernseher setze, steht mein Mensch vom Sofa auf, nimmt mich auf den Arm und setzt mich neben sich auf das Sofa. Mein Mensch mag es, wenn ich neben ihm auf dem Sofa liege, dann ist er nicht so allein, wenn er fernsieht.

ein weiterer Tag wieder zu Hause

Ein langweiliger Tag wurde am Abend doch noch sehr aufregend: Im Fernseher hat ein Löwe ein Zebra gejagt. Ich glaube, Onkel Löwe weiß nicht, dass man Tiere im gestreiften Pyjama nicht packen darf. Ich konnte gar nicht hinsehen - hoffentlich hat das Zebra Onkel Löwe nicht zu arg gestochen.

der Tag nach Onkel Löwe

Der Mensch hat heute einen Teppich vor das Sofa gelegt. Weil der Boden kalt ist, hat er gesagt. Der Teppich sieht fast aus wie das Gras im Garten. Was haben mein Mensch und ich doch wieder für ein herrliches Spiel: Ich ducke mich ins Teppichgras, bin geduldig, beobachte, schleiche mich an, springe und fange die Füße von meinem Menschen.

Nachtrag

Ach ja, ich habe in unser Teppichgras gepinkelt. Keiner hat's gesehen.

noch ein Nachtrag

Der Mensch hat's doch gesehen. Aber er hat sich gar nicht gefreut und den Teppich gleich gewaschen. Mein Mensch hat doch im Sommer zu mir gesagt, dass ich ins Gras pinkeln darf. Versteh einer die Menschen!

am Morgen – der Teppich ist wieder trocken

Es wird schon kälter draußen. Alle Blätter sind vom Kirschbaum gefallen. Ich war das nicht - ehrlich!

Und dann ist es passiert: Überall auf der Terrasse lag Zucker. Das muss der Mensch aber selber gewesen sein, denn ich kann mit meinen Pfoten nur ganz kleine Zuckerberge aus der Dose schaufeln, und seit unsere Zuckerdose einen Deckel hat, geht das überhaupt nicht mehr.

Der Mensch hat die Terrassentür aufgemacht, damit ich rausgehen kann. Das habe ich auch gleich gemacht. Der Zucker ist kalt und nass und schmeckt gar nicht nach Zucker. Ich habe bildschöne kleine Tapper im Zucker gemacht. „Schau, Igor, das ist Schnee", hat der Mensch gesagt. Ich muss einmal schauen, wo mein Mensch seine Schneedose aufbewahrt, dann können wir das in der Wohnung auch einmal machen.

ein Tag nach dem Schnee

Mein Mensch ist heute ganz geknickt aus dem Büro gekommen. Ich spüre das. Und für mich heißt das, dass ich von oben bis unten durchgeknuddelt werde. Also habe ich mich zu ihm aufs Sofa gesetzt und mich den ganzen Abend kraulen lassen. Was er mir dabei erzählt hat, habe ich dank meiner stoischen Gelassenheit nicht einmal gehört.

ein paar Tage nach dem Schnee

Mein Mensch liegt den ganzen Tag im Bett. Schon seit drei Tagen. Er bellt manchmal, fast so wie das dumme Hundebaby damals. Ich verstehe ihn aber nicht, wenn er hundisch spricht. Er hat auch seine Stimme verstellt. Mein Mensch gibt heute gar keinen Kaffee in die Milch. Er trinkt gar keine Milch, sondern Tee mit Honig. Das schmeckt überhaupt nicht, ich habe gekostet.

später

Mein Mensch schaut gar nicht gut aus, er schläft viel, und ich wärme ihn. Keine Sorge, ich mach dich wieder gesund.

zwei Tage nach dem Honig

Mein Mensch steht wieder öfter auf. Ich begleite ihn auf Schritt und Tritt. Muss ja aufpassen, dass er keinen Blödsinn macht. Auch ins Badezimmer habe ich ihn begleitet. Er hat sich die Wanne vollgefüllt. Damit er nicht so allein in der Badewanne ist, hab ich alles, was am Wannenrand lag reingeworfen. Jetzt kann der Mensch schön spielen.

ein Tag seit mein Mensch wieder gesund ist

Mein Mensch steckt sich heute wieder komische kleine Drähte in die Haare. Das macht er immer, bevor er in die Arbeit geht. Mein Mensch sammelt diese Drähte. Überall liegen die rum. Auch Lippenstift und Nagellack sammelt er. Im Badezimmer werfe ich hin und wieder Teile der Sammlungen runter und hebe sie unter der Waschmaschine auf. So hat der Mensch wieder genug Platz seine Sammelstücke abzulegen.

Warum mein Mensch überhaupt derart unnötig viele Dinge sammelt, ist mir nicht so ganz klar. Warum braucht er das alles? Mir auf jeden Fall reicht eine kleine, überschaubare Sammlung mit lebensnotwendigen Sachen unter meinem Bett.

Manche Sachen, die ich beim Toben auf den Boden werfe, zerbrechen. „Muss das sein, Igor", sagt mein Mensch dann immer, holt den Besen, sperrt mich ins Badezimmer und räumt die Scherben weg. Angeblich, damit ich mich nicht verletze, in Wirklichkeit will er mir nicht verraten, wo er die Scherben aufhebt. Sie müssen anscheinend sehr wertvoll sein - mein Mensch ist wohl ein bisschen neidig. Das habe ich bei dem toten Vogel schon gemerkt.

ein paar Tage sind vergangen, seit mein Mensch wieder gesund ist

Heut hatten wir Besuch von der dicken Freundin. Sie ist gar nicht mehr so fett, aber sie hatte ein grässliches Ding mit, das die ganze Zeit geplärrt und gestunken hat. Nur wenn es die Brust der dicken Freundin, die wirklich nicht mehr so fett ist, im Mund hatte, war es ruhig. Das Ding ist in einem Korb gelegen. Ich habe daran geschnuppert, das hat komisch gerochen. Das Ding hat freudig gegluckst, und mein Mensch hat gesagt: "Was mein Igor doch für ein guter Babysitter ist!"

Als das Telefon geläutet hat, hat das Ding nochmals zu plärren begonnen. Da bin ich wieder hingegangen und hab diesmal überlegt, ob man es auch in den Hals beißen kann, wie die Vögel draußen, damit es endlich ruhig ist. Das Ding hat mich angeschaut und aufgehört zu schreien. Wenn ich ein bisschen auf die Seite gegangen bin, hat es mich weiter angestarrt. Am Schluss habe aber ich das Starren gewonnen. Ich hab das Anstarren noch nie nicht gewonnen.

der Tag nach dem Besuch

Mein Mensch hat ein paar Zeitschriften auf den Tisch gelegt. Ich hab mich gleich draufgesetzt, damit die nicht wegfliegen. Was würde mein Mensch nur ohne meine Hilfe tun?

In der Zeitschrift sind Keksrezepte, wie mein Mensch sagt, die er nachbacken möchte. Natürlich helfe ich, wo ich kann:

- ❧ Ich werfe die Eierschalen auf den Boden, damit mein Mensch wieder genug Platz auf der Arbeitsfläche hat.
- ❧ Ich koste, ob die schaumig geschlagene Butter noch nicht ranzig ist.
- ❧ Ich teste, ob mein Mensch ohnehin Zucker und nicht aus Versehen Schnee genommen hat.

Nachtrag

Und die fertigen Kekse habe ich auch gekostet. Die waren lecker.

ein Tag nach dem Kekse backen

Der Mensch hat ja kein Fell. Dauernd muss er sich was anziehen, um nicht zu frieren. Jetzt, wo es draußen schon so kalt ist, dass wir nicht mehr in den Garten gehen können, muss er sich besonders viel anziehen. Er macht dann den Kasten auf und steht lange davor. Wenn es zu lange dauert, helfe ich immer, springe rein

und werfe ein paar Sachen raus, die er anziehen sollte. „Aber, Igor, 3 Paar Socken brauche ich wirklich nicht!" sagt mein Mensch heute. Aber ihm ist doch immer so kalt. Warum sonst hat er so viele Schuhe. Versteh einer die Menschen!

noch ein Tag nach dem Kekse backen

Weil es draußen so kalt ist, dass wir nicht im Garten spielen können, hat mein Mensch einen Tannenbaum ins Zimmer gestellt. Er hat den Baum in einen Topf mit Wasser eingepflanzt. Fest ist das nicht. Als ich auf den Baum geklettert bin, ist der umgefallen.

später

Mein Mensch hat ein Loch in die Zimmerdecke gebohrt, einen Haken eingeschraubt und den Baum an der Spitze an den Haken gebunden. Das hält. Denn als ich jetzt auf den Baum geklettert bin, hat der nur gewackelt und ist nicht umgefallen.

Ich bin ganz aufgeregt, mein Mensch hat angefangen bunte Bällchen in den Baum zu hängen. Immer wenn ich hingehe, sagt mein Mensch: „Nein, Igor!" Also beobachte ich nur alles vom Sofa aus und tu so, als ob ich schlafe - ich vermute sehr, der Ballbaum soll eine Überraschung für mich werden.

noch später

Der Baum ist geschmückt - endlich. Wie schön das aussieht. Oben an der Spitze ist ein Stern. Das sieht aus wie ein Orden. Ob ich den Orden bekomme, wenn ich alle Bälle runtergepflückt habe?

Mein Mensch ist recht langsam gewesen, alle Bällchen auf den Baum zu hängen. Ich war viel schneller, alles wieder runterzuräumen. Jetzt können mein Mensch und ich schön spielen.

wieder später

Mein Mensch hat fast so laut geschrien wie damals mit dem toten Vogel im Bett. Offenbar mag mein Mensch nicht spielen. „Pfui, Igor!" hat er gesagt und war ganz aufgeregt. Ich bin gleich unter das Sofa. Der Mensch braucht zur Entschuldigung gar nicht mit Schinken kommen, ich werde den nicht essen, weil ich richtig böse bin.

Lange Zeit sitze ich immer noch unter dem Sofa. Wenn mir mein Mensch Schinken bringt, werde ich nur ganz langsam kosten.

wieder noch später

Mein Mensch hat noch immer keinen Schinken gebracht, er hängt alle bunten Bälle wieder auf den Baum. Diesmal braucht er noch länger. Der Mensch hat so lange gebraucht, weil er jeden einzelnen Ball angebunden hat. Wahrscheinlich will er gar nicht, dass ich die runter bekomme. Denn wie soll ich ohne Daumen einen Knoten aufmachen!

ein Tag seitdem der Baum im Zimmer steht

Mein Mensch ist wieder gut aufgelegt. Die Mama von meinem Menschen ist gekommen und hat eine rot eingepackte Schachtel unter den Baum gelegt. Da hängen goldene Schnüre dran, die zu einer Schleife gebunden sind. Die Enden sind ganz eingekringelt, so wie die Haare von meinem Menschen. Was wohl in der kleinen Tasche ist, die die Mama vom Menschen mit hat und die mein Mensch ins Arbeitszimmer gestellt hat? Den gemütlichen Polstersessel im Arbeitszimmer hat mein Mensch mit ein paar Handgriffen größer gemacht. Jetzt ist es wie ein kleines Bett. Was mein Mensch alles kann!

später

Ist der Tisch heute aber festlich gedeckt! Alles glitzert rot, grün und gold und ich bekomme Leberpastete. Wie ist das Leben doch schön!

noch später

Mein Mensch hat Musik aufgedreht. Mein Mensch und die Mama vom Menschen singen laut mit. Ich glaube, mein Mensch ist glücklich. Es ist ganz dunkel draußen.

Der Mensch zündet viele rote Kerzen an, die er in den Baum gesteckt hat. Wer heute wohl Geburtstag hat? Vielleicht will er sich an den heißen Flammen aber auch nur wärmen.

Ich gehe zum Baum und schnupper an einer Kerze, plötzlich macht es zisch, und die Schnurrbarthaare auf meiner rechten Seite sind kurz und so eingekringelt wie die Schleifen auf den Geschenken unter dem Baum.

Mein Mensch stürzt zu mir, reißt mich in die Höhe und schaut mich an. „Nichts passiert", sagt mein Mensch, „frohe Weihnachten, Igor!" Und drückt mich an sich.

Nachtrag

In der Tasche von der Mama meines Menschen waren nur ein paar Wäschestücke und eine Zahnbürste - hab nachgesehen und alles ausgeräumt.

ein Tag nach Weihnachten

Es ist herrlich: Der Baum im Zimmer, dass mein Mensch nicht in die Arbeit geht, und die Mama von meinem Menschen, die fast nur auf dem Sofa sitzt und Wolle über zwei Holzstäbe wickelt. Ich beobachte sie dabei genau und helfe ihr hin und wieder neuen Faden abzuwickeln. Ein Knäuel hab ich dabei heimlich geklaut und es unter dem Sofa versteckt.

in der Nacht

Ich habe mit dem Wollknäuel Jagen gespielt: vom Sofa zum Esstisch, zurück zum Couchtisch, wieder zum Sofa. Komisch, dass mein Wollball dabei immer kleiner geworden ist. Als ich meinem neuen Ball den Baum gezeigt habe, war er ganz weg. Ich hatte keine Lust ihn zu suchen, denn ich war schon müde und bin zu meinem Menschen unter die Decke geschlüpft.

noch ein weiterer Tag nach Weihnachten

Kann man sich das vorstellen: Die Mama von meinem Menschen war in der Nacht anscheinend wach und hat statt Wolle um ihre beiden Holzstäbe zu wickeln, die Wolle um Sofa- und Tischbeine gewickelt. Ein richtiges Muster ist dabei entstanden. Mein Mensch hat gelacht, als er das gesehen hat. Die Mama von meinem Menschen fand das aber gar nicht so lustig. Dann hätte sie das halt nicht machen sollen. Gemeinsam haben die beiden Menschen die Wolle wieder aufgewickelt. Komisch, dieses Wollknäuel sah fast so aus, wie mein neuer Wollball zum Spielen.

Viel später hat die Mama von meinem Menschen die Tasche gepackt, hat mir über den Kopf gestreichelt und ist fortgegangen. Mein Mensch hat sie begleitet. Eine Stunde später ist mein Mensch alleine wieder gekommen, weil er die Mama, wie er mir erklärt, zum Zug gebracht hat.

Nachtrag

Mein Wollball ist nicht mehr aufgetaucht. Ist auch egal! Aus den Augen, aus dem Sinn. Habe zu Weihnachten ohnehin viel neues Spielzeug bekommen.

zwei Tage seit wir wieder alleine sind

Andauernd sind viele Besucher da. Manche bleiben nur kurz, manche so lang, dass ich schon überlege, was ich machen kann, damit sie wieder gehen.

Aber heute ist es besonders schlimm: Der Besucher hält dauernd die Hand von meinem Menschen, und sie geben sich Köpfchen - mit und ohne Schmatzen. Hat es dem Besucher nicht gereicht, dass ich auf seine Schuhe gepinkelt habe?

Das schlimmste kam aber noch. In der Nacht ist der Besucher einfach da geblieben. Und der hat nicht im Arbeitszimmer, auf dem gemütlichen Polstersessel geschlafen, sondern in meinem Bett hat der geschlafen - so eine Frechheit!

ein Tag
nachdem der Besucher in meinem Bett gelegen ist

Der Besucher ist immer noch da. Mein Mensch sollte ihn rauswerfen, wir haben es zu zweit doch viel besser.

Ich lasse mich auch nicht vom Besucher streicheln. Sollte er mich mit Leckerlis wieder einmal bestechen wollen, werde ich sie nicht essen.

Nachtrag

Der Besucher hat mir nur ein paar Leckerlis gegeben. Erst fünf Minuten später habe ich sie gegessen - wäre schließlich jammerschade, würden die guten Stücke verderben.

Na endlich, der Besucher ist am Abend gegangen.

ein Tag nachdem der Besucher weg ist

Ruhe ist wieder eingekehrt bei uns. Mein Mensch und ich kuscheln den ganzen Tag faul am Sofa. Zwischendurch knabbern wir den Rest unserer Kekse.

„Mein geliebter Igor, morgen ist Silvester", sagt mein Mensch und kuschelt sich zu mir aufs Sofa. Was ist ein Silvester? Vielleicht bekomme ich wieder Leberpastete. Oder heißt es, dass schon wieder Besuch kommt?

ein neuer Tag

Viel telefoniert hat mein Mensch heute und ist auch viel vor dem Computer gesessen, hat wahrscheinlich eine Unmenge geschrieben. Alle Wäschestücke hat er in den Kasten gelegt, obwohl sie noch gar nicht gebügelt waren. Besuch war aber keiner da - Gott sei Dank! Am Abend hat mein Mensch alle Kerzen am Baum nochmals angezündet. Diesmal bin ich aber nicht hingegangen, weil ich schrecklich Angst um meine restlichen Schnurrbarthaare hatte. Der Fernseher ist die ganze Zeit gelaufen. Und dann, als es schon lange dunkel war, hat es draußen angefangen zu krachen. Ich habe mich aber nicht angepinkelt!

Mein Mensch und ich sind eng aneinander gekuschelt lange am Fenster gestanden und haben bunte Blumen und Sterne gesehen, die am Himmel gewachsen und wieder verloschen sind. Der Lärm hätte wirklich nicht sein müssen, aber die bunten Sterne waren sehr schön. Silvester sind also Himmelsblumen.

Mein Mensch hat mich an sich gedrückt und gesagt: „Ein gutes neues Jahr, mein geliebter Igor, mal sehen, was es uns bringen wird!"

Impressum
Einband und Layout © 2016 by diwaldart, Wien
Lektorat: The 3 Doggies Company Inc.,
featuring Gerald Nowotny

Die Deutsche Nationalbibliothek verzeichnet vorliegende Publikation in der Deutschen Nationalbibliographie; detaillierte bibliographische Daten sind im Internet abrufbar unter http://dnb.d-nb.de

2. Auflage
Copyright © 2016 rosmarin
Verlag: tredition GmbH, Hamburg
Printed in Germany

ISBN 978-3-7345-7278-4 (Paperback)
ISBN 978-3-7345-7279-1 (Hardcover)
ISBN 978-3-7345-7280-7 (e-Book)